按按鈕，好好玩！

文／莎莉・妮柯絲　　圖／貝森・伍文　　譯／鄭如瑤

U0009876

這裡有個**紅色**按鈕，

我很好奇，

按下去會發生什麼事？

這裡有個**橘色**按鈕，
要做什麼呢？

原來是**拍拍手**按鈕！
大家一起來拍手！

如果按下這個**藍色**按鈕，
會發生什麼事？

這是**唱唱歌**按鈕耶！

「兩隻老虎，兩隻老虎，跑得快，跑得快……」

還可以唱別的歌嗎？

我們應該按這個
綠色按鈕嗎?

原來是**吐舌頭噗噗噗**按鈕！

真沒禮貌！

噗噗噗！

可以發出別的聲音嗎？

噗噗噗！

噗噗噗！

不好意思！請馬上道歉。

這是最後一次警告。

噗噗噗！

好吧！如果你繼續這樣做，我們就要去按**黃色**按鈕了。

蹦蹦跳跳！

這是 蹦蹦跳跳 按鈕！

大家一起蹦蹦跳跳！

蹦蹦跳跳！

蹦蹦跳跳！

趕快按**粉紅色**按鈕，
不然我們就要一直蹦蹦跳跳了！

好耶！
是**抱抱**按鈕。

抱抱時間！

這是最棒的
按鈕了。

你**想**按下一個按鈕？

你確定嗎？

你真的確定嗎？

你真的，真的，**真的**確定嗎？

好吧……

按一下
紫色按鈕。

求求你按**粉紅色**按鈕，**快點！**

「嘿！
現在是**抱抱**
時間了。」

啊──
太好了。
抱抱時間。

噢，不！又是那個粗魯的**綠色**按鈕。
你沒學過禮貌嗎？

噗噗噗噗噗！

啊！**藍色**按鈕。

我們這次要唱什麼歌？

「一閃一閃亮晶晶，滿天都是小星星……」

又回到**紅色**按鈕了。

你記得它會發出什麼
聲音嗎？

你看，這是**新的**按鈕。

這個**白色**按鈕
要做什麼呢？

噓——這是睡香香按鈕。
大家晚安！

按下那顆神奇按鈕「愛」

文／徐瑜亭（職能治療師、習惜親子教育中心創辦人）

　　對於二至四歲的幼兒，發展顏色和形狀的認知能力尤為重要，但礙於幼兒注意力持續時間較短，較無法以長時間坐著聆聽故事的方式來學習，因此，除了使用操作性玩具輔助孩子發展認知能力，另一個超有愛又有效率的方式便是使用《按按鈕，好好玩！》這種互動式圖畫書。

　　《按按鈕，好好玩！》運用按鈕遊戲來帶入顏色和形狀的抽象認知學習，在故事中巧妙埋下各種趣味活動，讓孩子自然而然跟著做動作或反應，幫助他們延長注意力，專心聆聽完後續的故事，並從中學習不同的認知概念。親子共讀之後，爸媽還可以發揮創意，和孩子進行各種延伸學習遊戲，例如：

1. 放大按鈕的應用——比一比，誰最快！

　　爸媽陪孩子把書中各種顏色和形狀的按鈕，大大的畫在白紙上，再剪下來貼在家中各處（如：冰箱上、牆壁上、桌腳、書架）。每當一起念出相同的按鈕時，爸媽就和孩子比賽誰先按到家裡的大按鈕！

2. 更多按鈕的變化——找一找，創意多！

　　爸媽帶孩子找找看，生活中還看得到哪些形狀和顏色？陪孩子將發現的形狀和顏色畫成按鈕並剪下來，一起討論這顆新按鈕代表何種動作，是親一下、大聲說「我愛你」，還是原地轉圈圈呢？孩子絕對比你更有創意！

　　你知道我最喜歡哪一顆按鈕嗎？當然是「綠色」按鈕嘍！

　　二至四歲的孩子也正是俗稱「貓狗嫌」的可怕年紀，其實這年紀的孩子恰巧是自我意識萌發的時期，他們很想證明自己能掌握一切，也會從探索和嘗試錯誤中發展出自我控制的感覺，並渴望獲得大人的認同，因此爸媽眼裡孩子的叛逆與不聽話，都是孩子成長中很正常的過程。請試著接納寶貝現在獨一無二的模樣，放下想改變孩子、想讓孩子乖乖的心態，把握此刻寶貴的親子時光，當孩子按下綠色按鈕時，陪孩子盡情的、用力的「噗——」，調皮一下也沒關係，最後搭配粉紅色和白色按鈕，緊緊的抱抱孩子，再說聲晚安，祝你和孩子都有個美夢！

文　莎莉・妮柯絲（Sally Nicholls）

　　一個下著大雷雨的夜晚，妮柯絲出生在英國東北方的斯托克頓。兩歲的時候，她的父親過世，母親獨立扶養她和哥哥成年。從小只要有人問妮柯絲長大要做什麼，她總是肯定的說：「我要成為作家」。

　　中學畢業後，她旋即前往世界各地旅行。後來她回到英國，進入華威大學修讀文學和哲學，大三時她才驚覺該認真的為生計打算，於是再到巴斯泉大學攻讀創意寫作碩士學位，在這裡她完成了第一部小說《臨別清單》，並以此獲得英國水石童書繪本大獎與愛爾蘭格倫汀普萊斯最具潛力新人獎，從此踏上作家之路。現在她和丈夫、兒子住在牛津的一個小房子裡。

圖　貝森・伍文（Bethan Woollvin）

　　2015年她以一級榮譽學位畢業於安格里亞魯斯金大學的劍橋藝術學院，現居英國中部的謝菲爾。身為家中有十個兄弟姊妹的老大，伍文很懂得取悅各年齡層的讀者，所以作品中充滿她個人特有的幽默感和魅力。她創作的第一本圖畫書《小紅帽》，榮獲2014年麥克米倫圖畫書獎、2016年紐約時報十大童書獎，以及2017年世界插畫大獎。

譯　鄭如瑤

　　畢業於英國新堡大學博物館研究所。現任小熊出版總編輯，編輯過許多童書；翻譯作品有《好奇孩子的生活大發現》、《一輛名叫大漢的推土機》、《卡車小藍出發嘍！》、《妞妞會認路》、《到處都是車》、《我好壞好壞》、《森林裡的禮貌運動》、《梅伊第一天上學》、《漢娜和甜心》等。

精選圖畫書　**按按鈕，好好玩！**　　文：莎莉・妮柯絲　圖：貝森・伍文　譯：鄭如瑤

總編輯：鄭如瑤｜責任編輯：陳怡潔｜美術編輯：王子昕｜行銷主任：塗幸儀
社長：郭重興｜發行人兼出版總監：曾大福
業務平臺總經理：李雪麗｜業務平臺副總經理：李復民｜海外業務協理：張鑫峰
特販業務協理：陳綺瑩｜實體業務經理：林詩富
印務經理：黃禮賢｜印務主任：李孟儒
出版與發行：小熊出版・遠足文化事業股份有限公司
地址：231 新北市新店區民權路 108-2 號 9 樓
電話：02-22181417｜傳真：02-86671851｜客服專線：0800-221029
劃撥帳號：19504465｜戶名：遠足文化事業股份有限公司

E-mail：littlebear@bookrep.com.tw｜Facebook：小熊出版
讀書共和國出版集團客服信箱：service@bookrep.com.tw
讀書共和國出版集團網路書店：http://www.bookrep.com.tw
團體訂購請洽業務部：02-22181417 分機 1132、1520
法律顧問：華洋法律事務所／蘇文生律師
印製：凱林彩印股份有限公司
初版一刷：2019 年 10 月｜初版二刷：2020 年 7 月
定價：300 元｜ISBN：978-986-97916-9-4

First published in Great Britain in 2019 by Andersen Press, Ltd., 20 Vauxhall Bridge Road, London SW1V 2SA.
Text copyright © Sally Nicholls, 2019. Illustration copyright © Bethan Woollvin, 2019.
This Complex Chinese edition © 2019 by Walkers Cultural Co., Ltd./ Little Bear Books.

小熊出版讀者回函　　小熊出版官方網頁